내 곁에 함께해 주는

소중한 ＿＿＿＿＿＿ 에게

＿＿＿＿＿＿로부터

너와 함께라면 어디든 좋아

우리 곁에는 다양한 소중함이 있다고 생각해요.
그것이 사랑하는 연인과의 기억,
친구와의 우정, 가족 간의 사랑,
반려동물과의 추억일 수도 있죠.
소중함은 이내 익숙함이 되고
익숙함은 소중함을 무뎌지게 하기도 해요.

저는 이러한 익숙함 속의 소중함을 일깨우고 싶었습니다.

길을 걷다 맛있는 걸 봤을 때 '같이 먹으면 좋겠다'라든가
멋진 풍경을 봤을 때 '같이 와서 한 번 더 봐야지'라든가
재미난 영화가 나온다면 '같이 보고 싶다'라든가.
이렇듯 누군가 생각난 적 있나요?

소중함은 우리가 무엇을 하든지
항상 우리 곁에 있답니다.

저는 모두의 소중함이
익숙함 뒤로 숨어들기 전에
이 책을 통해
소중함을 일깨웠으면 좋겠다고 생각하며
작업을 시작했습니다.

저는 소소한 일상을 정말 좋아합니다.
맛있는 음식을 먹거나 가볍게 산책하는 것을 좋아하고
집에서 콘솔 게임을 하는 것은 언제나 저를 행복하게 해요.
놀러 갈 때는 대중 교통을 타고 이동하는 기분을 좋아하고
한 번도 안 가 본 동네를 탐험하듯 가는 걸 즐겨요.

이런 소소한 일상들은
소중한 사람과 함께라면
언제든 아름다운 환상처럼 변할 수 있어요.

익숙하고 반복되는 일상에 지쳐있나요?

그럼, 잠시 주위를 둘러보며
소중함을 다시금 일깨워 보면 어떨까요?

여러분들의 소중한 일상이
항상 환상처럼 빛날 수 있기를 기원합니다.

파릇한 설렘이 가득한

열차 들어옵니다.

이번 역은 봄, 봄 역입니다.

올해도 너와 맞이한 봄
창틈 사이로 우리에게 쏟아지는 꽃잎이
코끝을 간지럽히며 장난을 치는 것 같아.

"이번 봄에는 어디를 놀러 가 볼까?"

너와 대화하는 건 참 재미있어.

문제는 너와의 수다에 풍덩 빠져

내릴 역을 가끔 놓친다는 거야.

이제는 삑 하고 찍는
지하철 개찰구 타이밍도 닮은 우리.

여행을 떠날 때
몽글몽글 피어나는 설렘.
이 설렘을 안고 날아오르자.

제주도에 놀러 왔어요.

"오늘 볕이 참 과랑과랑하네."

"그게 뭐야?
고양이가 그르렁거리는 소리 같아."

"제주도 말로 '볕이 과랑과랑하다'는
햇볕이 쨍쨍하다는 뜻이야."

너와 함께 버스를 타면
창문으로 따스한 햇볕이 쏟아져.
그 빛이 우리를 덮으면
어김없이 잠이 솔솔 찾아와.

건너편에서
신호를 기다리는 널 보면
가끔 신기해.
분명 멀리 있는데
네가 무슨 말 하는지
느낄 수 있을 때가 있어.

"저거 봐, 강아지가 날아다니고 있어."

"나는 고양이가 보이는데?"

"저기, 저기! 날아다니고 있잖아?"

"그래. 강아지도 있다고 해 줄게."

"휴대폰 챙겼어?"

"응."

"지갑은?"

"챙겼어."

"보조 배터리, 핸드크림, 에어팟…"

"다 챙겼으니 얼른 나갑시다. 이러다 늦겠어."

"그대의 보석 같은 눈동자 투 샷에 휘핑크림 추가하고
헤이즐넛 시럽 두 바퀴 둘러 주세요."

"홍차나 마셔."

에스컬레이터는
너와 같은 속도로 올라간다는
이 느낌이 참 좋아.

"한 판만, 딱 한 판만 더 할게! 이번이 마지막이야!"

"그 돈이면 저 인형을 그냥 샀겠다."

♥♥♥

현생사컷

찰칵!

찰칵!

찰칵!

찰칵!

"넌 피시방에 먹으러 오니?"

"*$^#*&#@*%^&*"

"다 씹고 말해. 볼 터지겠다."

너는 잘 모르겠지만

에스컬레이터를 타고 내려갈 때

너의 뒷모습을 보는 게 내 취미야.

"우와. 엄청 커!"

"우리가 소인이 된 것 같아."

오늘은 꽃밭에 놀러 왔어요.

"나 찾아봐라~"

"우.와.어.디.있.는.지.찾.을.수.없.네.?"

"영혼 좀 담아 줄래?"

"나는 어렸을 때 기린을 보고
그 비현실적인 크기에 놀라
공룡이라고 생각했어."

"와…. 네가 그렇게 말하니
정말 공룡 같아."

어서 오세요.
따스한 그림과 함께하는
카페 인디고입니다.

카페에서 일을 할 때면
가끔 꽉 막힐 때가 있어.
그때마다 얼음을 띄운 차가운 아메리카노와
"인상 쓰지 마. 잘될 거야."라는 너의 말이
나에게 큰 용기를 줘.

너와 함께 길을 걷다가 오래된 대장간을 봤어.

요즘 대장간은 참 보기 힘든 곳이라 신기해하고 있는데

대장간에서 들리는 깡깡 소리가,

아이들이 뛰어 노는 소리가,

아주머니들의 수다 소리가 어우러져

너와 걷는 이 거리가 한층 더 따스해지는 듯해.

잠이 안 올 때
너와 통화를 하면
낮게 울리는 너의 목소리에
잠고래들이 찾아와.

너와 함께라면

어디든 갈 수 있어!

넌 항상 내 꿈속에 주연 배우야.

시원한 웃음을 지어 봐

드라이브할 때

라디오에서 우리 둘이 좋아하는 음악이 흘러나오면

약속이나 한 것처럼 따라 부르기 콘서트가 시작돼.

너와 발맞춰 걷다 보면
어떤 장애물도 쉽게 넘어설 수 있을 것만 같아.

여행을 와서
다양한 관광지를 돌아보는 것도 좋지만
바쁜 일상에 지친 우리를 위한 휴식도
멋진 여행이지.

더운 여름날에는

물고기들처럼

너와 함께 물속에서 생활하고 싶어.

"나 잡아 봐라!"

Gotcha!!

사물이 거울에 보이는 것보다 가까이 있음

해안선 너머로
떨어지는 태양을 바라보면
너와 보낸 오늘 하루가
눈앞에 필름처럼 지나가.

캠핑할 때 가장 중요한 것

1. 맛있는 음식

2. 예쁜 캠핑 용품

3. 멋진 풍경

4. 너

"바쁜 도시 생활을 떠나
자연으로 들어오니 너무 상쾌해."

"난 풀 냄새가 좋아서
가만히 광합성 중이야!"

야밤에 푸드트럭은

너무 위험해.

안 사 먹을 수가 없잖아?

"난 핫도그 사 올게."

"난 큐브 스테이크 사 올게."

가끔 여행하다 보면
이렇게 말도 안 되는
풍경을 마주할 때가 있어.

그럴 때는 사진을 찍는 것보다
그냥 지금 이 순간을
잠시 느끼는 것이 더 좋더라.

오늘은 또 어디로 놀러 갈까?

한강공원에 도착해
치킨을 시켜 놓고
네가 좋아하는 노래를 불러.

"여수 밤바다~"

"…여기 한강인데?"

초록빛 햇살이 쏟아지는 석촌호수.

너와 함께 걷다 고개를 들어 올려다보면

마치 숲속에 들어와 있는 것 같은 착각이 들어.

너와 함께 시원한 나무 그늘에 누워

수다를 떠는 일은

바쁜 일상을 잠시 잊게 해 주는

최고의 힐링인 것 같아.

"정말 맞는 말인 것 같아."

"뭐가?"

"돈은 벌 때보다 쓸 때가 더 재밌어!"

"이렇게 하는 거야."

"이… 이렇게…?"

너와 함께 힘들게 도착한 남산타워.

낮엔 서울 시내를 한눈에 내려다보는 수호신 같은 느낌이라면

밤의 남산타워는 알록달록 색동옷을 입은 듯 너무 예뻐.

비 오는 날은 역시 파전이지!
시원한 빗줄기를 바라보면서
뜨거운 파전을 입 안에 넣으면
정말 완벽한 여름이야.

어릴 때 비가 오면
일부러 비를 맞으며 놀곤 했어.
지금 생각해 보면 왜 그랬나 싶지만
가끔 그때처럼 내리는 비를 맞으며
놀고 싶을 때가 있어.

가끔 너의 학창 시절이 궁금하곤 해.

우리가 같은 학교에 다니고

같이 하교했다면 어땠을까?

"예쁜 아가씨 저와 춤추실래요?"

"허락하지."

한복을 입고 고즈넉한 한옥에 가 보면
마치 타임머신을 탄 기분이야.
그 시절에 너와 만났다면 우리는 어땠을까?

커다란 보름달을 벗 삼아

호수에 배 한 척 띄우고 너와 함께 있으니

괜스레 시원해지는 기분이야.

처음이란 누구에게나
무섭고 두려운 것일 수 있지.
하지만 너와 함께 길을 헤매고 실수도 하며
찾아가는 것도 의미가 있다고 생각해.

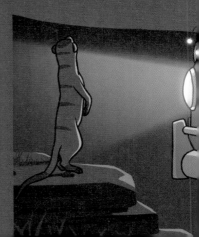

행복은 뭉게뭉게 피어나

바람에 흔들리며 춤추는 은행나무 그늘.

성큼 찾아온 가을의 설렘에

우리의 마음도 춤추고 있어.

시원하고 기분 좋은 바람이

살랑살랑 불어올 때면

가을이 성큼 다가왔다는 것을 느껴.

"오늘은 한강에 자전거를 타러 가자!"

너와 함께 있으면
호랑이 기운이 솟아!

"나는 펩시가 좋아."

"나는 코카콜라 제로."

"우리 바꿔 먹어 볼래?"

책 읽는 것을 참 좋아하는 너.
네가 좋아하는 책을
나도 좋아해 보려 책방에 가곤 하지만
난 아직 책만 보면 잠이 쏟아져.

신발 사이즈는 차이가 많이 나도
너와 나의 신발 취향은 똑같아서
어느새 비슷한 신발을 들고
"예쁘다." 하는 우리 모습에 미소 짓게 돼.

비슷한 듯하면서도

너무 다른 너와 나의 취향

오늘은 또 무슨 옷을 입고 나가 볼까?

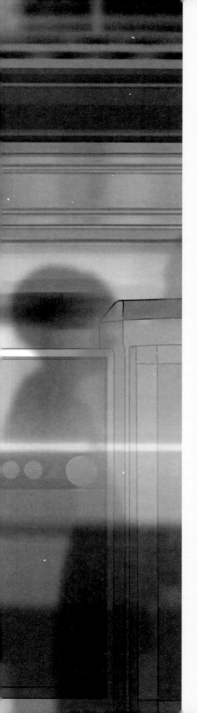

지하철에서 딱 하나 남은 자리 발견.

너는 나보고 앉으라고 하지만

너는 잘 모르는 것 같아.

너랑 시선을 맞추고 서 있는 게 더 좋다는 걸.

살금살금 다가가

왁! 하고 놀라게 해 주고 싶었는데

넌 항상 놀라지 않고

살짝 미소 짓기만 해.

전신 거울에 비친 우리의 모습이
같은 색 물감처럼 닮아 있는 게 재밌어.

"하나, 둘, 셋, 김치."

먹고 싶은 게 다른 오늘 하루.

"안 내면 진다, 가위 바위……."

오늘은 멋지게 차려입고 데이트하는 날.

이런 날은 걷는 것도 모델처럼 걸어야 해!

"천천히 먹어. 아직 영화 시작도 안 했어."

"난 극장만 오면 배가 고파."

자연은 참 신비로워.
어쩜 하나같이 영화에 나올 법한
풍경만을 보여 줄까.

시원한 날씨에 즐기는 캠핑도
그것대로 좋다고 생각해.
그리고 내 옆에 있는 너로 인해
이 캠핑의 완성도가 높아졌어.

나는 동네를 산책하며 이야기하는 것을 좋아해.

특별한 것 없는 풍경에 특별할 것 없는 이야기.

하지만 너와 함께 길을 걷다 보면 이 순간이 특별해지는 것 같아.

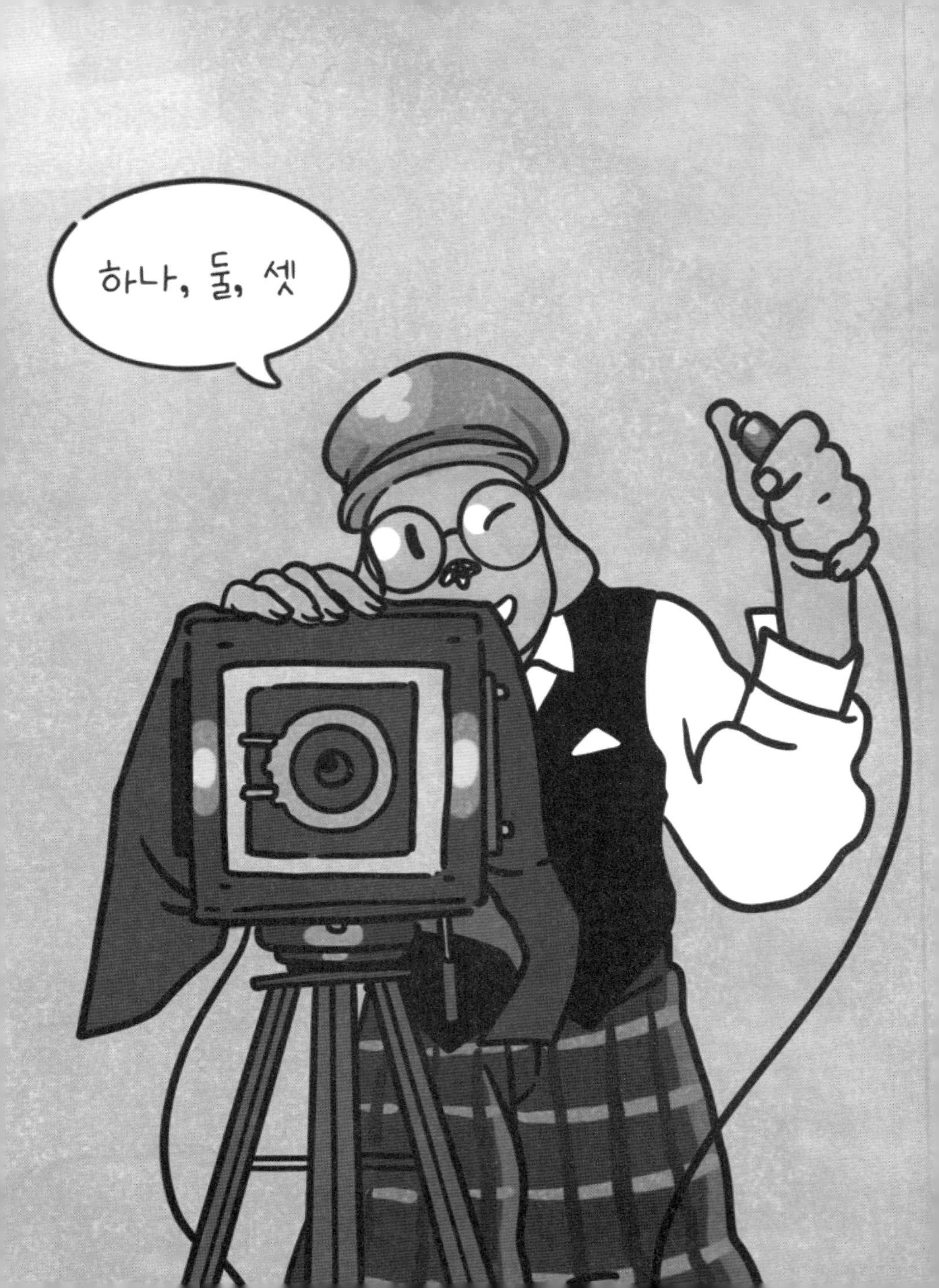
하나, 둘, 셋

찰칵!!

흑백 사진 속
너의 미소가 사르르 번져
나의 표정도
너의 미소로 물들어가

술은 많이 마시면 독이라지만
적당한 음주는 용기를 줘.

"많이 좋아해."

너는 전동 킥보드, 나는 따릉이.
앞서가는 너의 샴푸 향이 나를 미소 짓게 해.

"…3"

"…2"

"…1"

"!"

"뭐라고? 잘 안 들려."

"예쁘다고!"

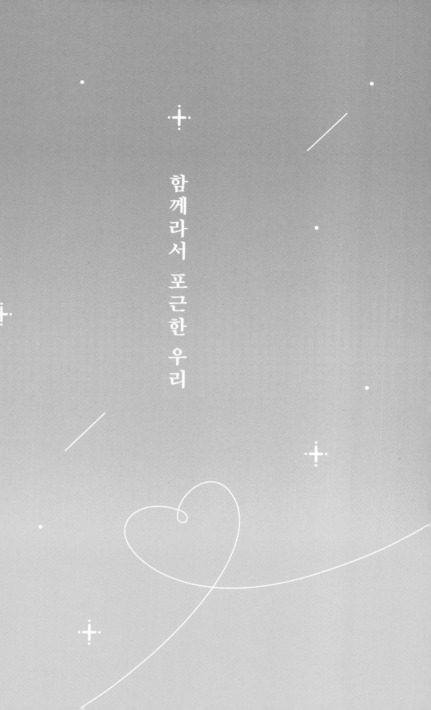

함께라서 포근한 우리

눈 내리는 겨울 바다.

자연이 만들어 낸

멋진 예술 작품 앞에 서면

마치 우리가 한 폭의 그림 속에

들어와 있는 것 같아.

신비하고 아름다운 곳을 탐험하는 것만이

즐거운 여행이라고 생각하지만

너와 함께 가는 모든 곳이

나에게는 항상 즐거운 여행이 되곤 해.

아침 해를 보고 싶어
너와 베란다로 향했어.
차가운 새벽 공기도
따스한 햇볕과
달콤한 코코아 한 잔이면
우린 무적이야.

"지금 밖에 엄청 추워."

"난 엄청 따뜻하고 편해."

"부…… 부럽다."

제23회

밀린 설거지 배 격투 게임

START!

밤샘 일을 해야 할 때
너와의 통화는
나에게 에너지 음료 같아.

난 동전 세탁방의
조용한 분위기가 참 좋아.
이불 세탁을 돌려 두고
너와 나란히 앉아 기다리면서 듣는
세탁기 돌아가는 소리는
내 마음도 깨끗하게
만들어 주는 것 같아.

난 눈 오는 날이 좋아
하늘에 눈이 내려
온 세상을 하얗게 만들면
네가 조금 더
선명해 보여서

난 수족 냉증이 있어서

겨울이 좀 힘들어.

그래도 네 손이 따뜻해서

참 다행이야.

내가 어릴 때 살던 곳은

눈이 많이 오지 않던 곳이라

눈이 오면 너무 즐거워.

음, 눈 때문이 아니라

너 때문인가?

유리창 너머로
눈 내리는 풍경을 가만히 바라보니까
마치 어항 속에 들어와 있는 것 같아.

"저기 서 봐. 사진 찍어 줄게."

"엥? 여기가 예뻐? 여기 그냥 지하철이야."

"그냥 네가 예뻐서."

겨울에 먹는 라멘은 정말 좋아.

안경에 끼는 습기만 빼고.

너를 보고 있는 것만으로도
추운 겨울을 이겨낼 수 있어.
너는 따뜻한 나만의 난로야.

파스타, 스테이크처럼 화려하진 않아도
추운 겨울 너와 먹는
포장마차 떡볶이, 어묵은 정말 맛있어!

"거기 아가씨, 시간 있어요?"

"있는데, 왜요?"

"그럼 아껴 써요."

겨울에 먹는 귤은 왜 더 맛있을까?
네가 좋아하는 귤을 한 바구니 쌓아 놓고
너와 수다를 떨다 보면
어느새 우리 손가락은 하늘의 달님처럼
노랗게 물들어 있어.

메리 크리스마스!

황혼의 시간인가 봐.

정말 예쁘다.

모두 새해 복 많이 받으세요.

올해도 잘 부탁해.

나는 초록빛이 참 좋아.

보고 있으면 마음이 편안해지고

따스한 기운이 쏟아지는 듯한 게

꼭 너와 같아서.

너와 함께 보는 새벽 바다.
떠오르는 햇님과 바다에 부서지는 햇살이
너무 아름다워 현실이 아닌 것 같이 느껴져.

해돋이 보러 가는 길은
따뜻하게 입자.

"오, 해 뜬다!"

"얼굴은 차가운데 손은 따뜻해."

"아하하. 진짜 차가운데 따뜻하다!"

수평선의 작은 태양빛과
겨울 바다의 시원한 파도 소리가
너와 나에게로 밀려와
마음속을 깨끗하게 씻어 주는 것 같아.
마치 올해의 새 출발을
축하해 주려는 것처럼.

집으로 돌아오는 길.
몸은 피곤하고 지치지만
오늘도 너와 함께 쌓은 추억이
날 웃게 만들어.

저는 옛날부터 그림 그리는 것을 참 좋아했습니다. 밖에서 뛰
어놀다 오면 항상 책상에 앉아 그림을 그렸어요. 그림을 그리다
보니 잘 그리고 싶었고, 그래서 열심히 그림 공부도 했었죠. 하
지만 언젠가부터 '잘 해내야 해'라는 감옥에 갇혀 그림 그리는
즐거움을 잃어 버린 저를 발견한 적이 있어요.

옛날에는 그리고 싶은 걸 그리고 표현하고 싶은 대로, 또 정
답 없이 연필을 놀리고 웃으며 그림을 그렸답니다. 하지만 선 하
나에도 스트레스를 받으며 어느샌가 하얀 빈 종이만 보면 두근
거림보다 두려움이 느껴진다는 사실이 조금 한심했습니다.

그래서 제가 좋아하고, 그리고 싶은 것들을 하나씩 그려보자
고 생각했어요. 소소한 일상을 재미나게 그려보자!라고 생각하
고부터 다시금 그림이 재미있어졌고 하얀 종이는 더 이상 제게

두려움 따위가 아닌 즐거움으로 다가왔어요.

게다가 이렇게 하나둘 쌓아 온 저의 그림이 좋은 사람들과 만나 책으로 만들어지다니 정말 마음이 몽글거려요.

여러분들도 반복적이고 당연하게 하던 일의 익숙함 때문에 소중한 무언가를 놓치고 있지 않나요? 지금 하는 일보다 더 소중한 것들이 있지 않았나요?

100명의 사람이 있다면 100개의 소중함이 있다고 생각해요.
저의 책을 읽으며 여러분들의 소중한 것들이 다시금 일깨워 졌으면 좋겠습니다.

여러분들의 일상에 항상 소중함이 넘쳐나기를 저 인디고가 기원하겠습니다.

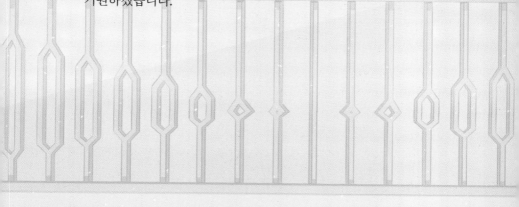

너와 함께라면 어디든 좋아

1판 1쇄 인쇄 2023년 06월 01일
1판 1쇄 발행 2023년 06월 14일

지 은 이 인디고

발 행 인 정영욱
편집총괄 정해나
편   집 박소정
디 자 인 차유진

펴낸곳 (주)부크럼
전   화 070-5138-9971~3 (도서기획제작팀)
홈페이지 www.bookrum.co.kr
이메일 editor@bookrum.co.kr
인스타그램 @bookrum.official
블로그 blog.naver.com/s2mfairy
포스트 post.naver.com/s2mfairy

ⓒ 인디고, 2023
ISBN 979-11-6214-448-0 (03800)